À Monsieur faire M[...]
Légion d'honneur [...]
De la part de l'auteur

Ye

1932

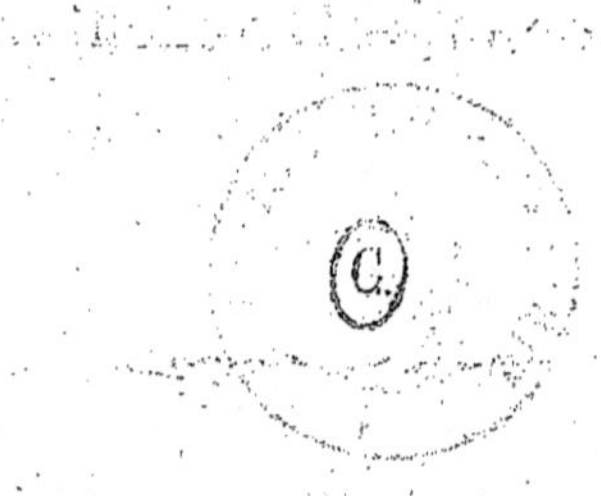

STANCES

SUR LA DERNIÈRE CAMPAGNE

DE SA MAJESTÉ

L'EMPEREUR ET ROI,

ET SUR LA GUERRE

CONTRE LA GRANDE-BRETAGNE,

Par Mr. C. J. L. D'AVRIGNI, de la Martinique, Officier d'Administration des Colonies, et Chef du Bureau des Colonies Occidentales au Ministère de la Marine.

A PARIS.

IMPRIMERIE DE CORDIER, RUE FAVART.

1806.

A SA MAJESTÉ

L'IMPÉRATRICE

DES FRANÇAIS,

REINE D'ITALIE.

O! vous, l'ornement et l'amour
De l'Italie et de la France,
Paris chante votre retour,
Et Munich pleure votre absence.
D'un Fils que suivent tous les vœux,
C'est là que, mère fortunée,
Pour lui d'un illustre hymenée,
Votre main forma les beaux nœuds.
Ah! combien la France attendrie
Aime à voir cette main chérie,
Qui du front sacré d'un vainqueur
Toujours maître de la victoire,
Essuyait la noble sueur
Au retour des champs de la gloire,
Dans les jours plus doux de la paix,

 # A SA MAJESTÉ L'IMPÉRATRICE.

Des grandeurs oubliant les charmes,
Parmi nous essuyer les larmes
Du pauvre, heureux par vos bienfaits!
O! des graces touchante image!
De ces vers où ma faible voix
Osa célébrer tant d'exploits,
C'est à vous qu'appartient l'hommage.
Oui, tandis que nos ennemis
Tombaient sous un bras invincible,
Vers vous un charme irrésistible
Entraînait tous les cœurs soumis.
D'un Héros auguste compagne;
Des malheureux auguste appui,
Par d'autres armes, comme lui,
Vous avez conquis l'Allemagne.

STANCES

SUR LA DERNIÈRE CAMPAGNE

DE SA MAJESTÉ

L'EMPEREUR ET ROI,

ET SUR LA GUERRE

CONTRE LA GRANDE-BRETAGNE.

LES destins ont parlé, tout cède à leur puissance;
Et, plus grand chaque jour, le Héros de la France
S'élève, triomphant des plus fiers Potentats :
Sous leur choc s'affermit son immortel empire;
Et de tant d'ennemis armés pour le détruire,
Les torrens dissipés s'écoulent sous ses pas.

AINSI le pic altier, du sein des vastes ondes (1),
Au bruit des cieux tonnans, et des vagues profondes,
De feux étincelant, s'élance dans les airs,
Monte, grandit, étend l'orgueil de ses rivages,
Et, debout sur les flots, le front ceint de nuages,
Voit mourir à ses pieds le vain courroux des mers.

(1) Formation des îles projettées du sein de l'Océan.

STANCES.

O! terre des guerriers! ô! France! ô! ma Patrie!
Des bouches de l'Escaut aux rives de l'Istrie,
Le fer de tes enfans avait porté l'effroi:
Leur courage étonnait les plus mâles courages,
Et les trônes, long-tems battus par tant d'orages,
Sur leurs vieux fondemens s'inclinaient devant toi (2).

MAIS, lorsque d'une longue et trop sanglante guerre,
A la voix du vainqueur, et l'Europe et la terre
Déjà voyaient les feux de toutes parts éteints (3),
Quel rival, n'écoutant qu'une haine égarée,
Le premier, de la paix rompant la foi sacrée (4),
Insensé! croit encor balancer nos destins.

Ah! je le reconnais au Trident qu'il agite!
C'est cet autre Xerxès qui, tyran d'Amphitrite,
Fait gémir l'Océan sous le poids de ses fers.
Mais la France s'apprête à traverser les ondes.
La voilà qui s'ébranle, et vengeant les deux mondes,
D'un superbe oppresseur court affranchir les mers!

O! plaines d'Austerlitz! c'est vous que j'en atteste!
Qui brave tout, peut tout, et la faveur céleste

(2) Traités de Lunéville et d'Amiens.
(3) Paix générale de 1802.
(4) Rupture du Traité d'Amiens.

Obéit aux mortels, dans leurs vœux affermis.
Soldats! qu'aux bords du Nil a déjà vus Neptune,
Oui, de NAPOLÉON j'en jure la fortune,
Vous atteindrez ces bords à vos palmes promis.

MAIS quel Dieu tout à coup à la terre m'enlève?
Sur les ailes des vents avec lui je m'élève,
Et le rivage au loin fuit mon œil éperdu.
Cette ville, est Calais : ce roc fameux, est Douvre :
Ce fleuve, la Tamise; et la nuit qui me couvre
Me cache en vain les murs où je suis descendu.

Aux lueurs des flambeaux brûlant dans les ténèbres,
J'aperçois les arceaux de tes voûtes funèbres,
Westminster! vaste tombe où sont couchés vingt rois!
Leur pouvoir est détruit, leur mémoire est éteinte.
O! sublimes talens! nobles faits! vertu sainte!
A d'immortels tributs vous avez seuls des droits.

TANDIS que des tombeaux je parcours le silence,
Dans cette nuit lugubre, à mes regards s'avance
De guerriers chargés d'ans un cortège pieux.
A leur tête est leur roi, le front couvert d'alarmes :
Il gémit; et son œil obscurci par les larmes,
Semble errer sur la pierre où dorment ses ayeux.

Près d'un marbre écarté, tout pensif il s'arrête :
Il fléchit les genoux, il incline la tête,
Et laissant échapper sa voix avec ses pleurs :
» O ! le plus grand des rois qu'adora l'Angleterre !
» O ! vainqueur de Crécy (5) ! victimes de la guerre,
» Ton Peuple, tes neveux t'apportent leurs douleurs.

» Le ciel a de mon cœur confondu l'espérance.
» Jamais danger plus grand n'avait pressé la France,
» La France, qu'ébranla ton bras victorieux !
» De l'Europe, à ma voix, les vagues mutinées,
» Du midi jusqu'au nord, tout à coup déchaînées,
» Assiégeaient de Clovis l'empire glorieux.

» Mais l'ennemi, que seul menace la tempête,
» Tranquille au bruit des vents qui grondent sur sa tête,
» Des plus vastes desseins a percé le secret.
» Il s'élance, et plus prompt que les enfans d'Eole,
» De la mer au Danube il marche, il court, il vole,
» Il dévore l'espace, il arrive, il paraît.

» Il paraît : tout frémit, tout se trouble à sa vue,
» Tout se confond : l'Autriche inquiète, éperdue,

(5) Edouard III.

» De ses aigles retient l'essor ambitieux.
» Mais déjà le Héros, trompant leur vaine attente,
» D'Ingolstadt a forcé la barrière impuissante :
» La foudre de son bras suit l'éclair de ses yeux.

» Les plaines de Wertingue ont présagé sa gloire.
» Sur ses pas, emportés de victoire en victoire,
» Les flots de ses guerriers roulent de toutes parts.
» Ulm a vu sous ses murs, tremblante, fugitive,
» Une armée en débris, et lâchement captive,
» Aux pieds de son vainqueur porter ses étendarts.

» L'Inn a fléchi sous lui ; le Danube en alarmes,
» De la main, de la voix appelle en vain les armes
» Des soldats, que Moscow vomit de ses forêts :
» Le conquérant poursuit sa course impatiente ;
» Déjà Vienne, tendant l'olive suppliante,
» S'étonne d'obéir au César des Français.

» Un espoir me restait : jeune et bouillant d'audace,
» Le fils de Catherine accourt, et sur sa trace,
» S'avancent réunis cent mille enfans du nord.
» Le destin des combats quelques instans balance,
» Et l'Europe incertaine attendait en silence
» L'arrêt, qui des Etats allait régler le sort.

» L'airain gronde, et le chef des guerriers de la France
» Voit autour d'eux au loin s'étendre en cercle immense
» Un mur mouvant, de feux et de fer hérissé (6).
» Il a parlé : le mur battu par le tonnerre,
» S'ouvre, chancelle, tombe, et couché sur la terre,
» Dans les champs d'Austerlitz fume encor dispersé.

» Jour d'opprobre et de pleurs! jour à jamais funeste!
» Il l'emporte! et guidé par une main céleste,
» Plus terrible, revole à des exploits nouveaux.
» L'Autriche a du vainqueur imploré la clémence,
» Et parmi tous les rois qui servaient ma vengeance,
» Il n'a plus d'ennemis, ou n'a point de rivaux.

» La guerre a sur nos ports ramené ses orages.
» Des campagnes d'Olmultz, vois-tu vers nos rivages
» Ces nombreux bataillons accourir triomphans?
» C'est en vain que les mers loin de nous les arrêtent,
» Ils affrontent les mers; et les traits qu'ils apprêtent,
» Jusques en nos foyers poursuivent tes enfans.

» Edouard! c'est à toi, dans ce vaste naufrage,
» De rendre au cœur des tiens l'espoir et le courage.

   (6) *Ce sont des bastions qu'il faut démolir.* (Paroles de l'Empereur et Roi.)

» Mon père! à ton génie ils viennent recourir.
» Lève-toi! de ton front que l'éclat nous ranime!
» Lève-toi dans ta gloire! et sauve de l'abîme
» Le vaisseau de l'Etat, tout prêt à s'entrouvrir!....

Il parlait, et soudain une lumière affreuse
Perce, en éclairs sanglans, l'enceinte ténébreuse:
Un sourd gémissement sort du fond du cercueil;
La voûte a prolongé cette voix redoutable,
Et du sein de la terre, un spectre épouvantable
Monte, plus pâle encore et de honte et de deuil.

» Pourquoi viens-tu troubler le repos de ma cendre,
» Monarque déplorable? Et dois-je ici t'apprendre
» Le sort, qu'à mes neveux gardent les cieux vengeurs?
» Sur ses projets hautains, malheur à qui se fonde!
» L'orgueil, de nos revers semence trop féconde,
» O! mon fils! pour moisson, ne produit que des pleurs.

» Pleure, triste Albion! déchire ta couronne!
» Pleure! de tout côté le danger t'environne:
» En nuages, sur toi l'infortune s'étend.
» Que peut de tes soldats le novice courage,
» Que peut l'humide mur qui borde ton rivage,
» Contre un peuple-héros, que la victoire attend?

» Quel est ce conquérant, dont l'ascendant suprême
» Dompte les flots, les monts, les remparts, le sort même !
» Qui peut de cet Alcide enchaîner la valeur ?
» Puisses-tu conjurer sa fureur vengeresse !
» Il terrasse l'orgueil, épargne la faiblesse,
» Et sait, dans les vaincus, respecter le malheur.

» O ! mon fils ! l'aigle étend sa redoutable serre.
» Adieu !...» L'ombre à ces mots s'enfonce dans la terre,
Le sol tremble, tout fuit, par l'effroi dispersé :
L'air siffle, les autans font retentir la plage,
Et des tours de Windsor, emporté par l'orage,
Le royal étendart tombe au loin renversé.

Dieu des combats ! la France accepte le présage !
Mais déjà la trompette appelle le carnage :
Sous nos rames, je vois l'onde s'énorgueillir,
Et de leur long sommeil secouant les entraves,
Dans les champs de Poitiers, les ombres de nos braves,
D'espérance et de joie ont paru tressaillir.

C'en est fait : dans les airs Mars pousse un cri terrible.
O ! spectacle imposant, majestueux, horrible,
Et digne d'attacher les yeux de l'univers !
Deux Peuples en fureur couvrent la double plage,

Le rivage à grand bruit provoque le rivage,
Et les mers en grondant marchent contre les mers.

TELLES, aux beaux climats, où le Héros d'Arcole,
Relève la splendeur du sacré Capitole,
Aux longs mugissemens des foudres souterrains,
(Quel prodige!) on a vu deux montagnes brûlantes (7)
S'ébranler, s'avancer dans les plaines tremblantes,
Et de leur choc affreux menacer les humains.

L'AUSONIE en frémit, à leurs pieds attentive:
Mais déjà, sous l'effort de la flamme captive,
La terre, en s'entrouvrant, a tressailli trois fois.
L'un des deux monts rivaux, entraîné dans l'abîme,
S'écroule.... et le vainqueur, de sa superbe cîme,
Domine en paix les champs, les vallons et les bois.

IL est tems; reprenez l'hymne de la victoire,
O! vous, nobles amans des Filles de Mémoire!
Oui, de tant de travaux, voici le dernier jour.
Sur un nuage d'or mollement descendue,
La Paix, sous un ciel pur, apparaît à ma vue,
Et l'univers calmé sourit à son retour.

(7) Le fait dont il est ici question, est connu des naturalistes.

Le vainqueur, vers nos murs, en triomphe s'avance,
La Force, la Sagesse et l'auguste Clémence
Planent devant le char du fier Napoléon :
Et, du rameau sacré la tête couronnée,
Le Dieu des Arts annonce, à la terre étonnée,
Le siècle d'Alexandre et celui de Léon.

A sa suite, Cérès des campagnes chérie,
Et le fils de Maya, père de l'industrie,
Appellent les Français aux paisibles travaux.
L'invincible guerrier, qu'entourent nos cohortes,
Du temple de Janus a refermé les portes :
Et Mars devant Thémis abaisse ses drapeaux.

F I N.